SOPA DE LIBROS

© Del texto: Juan Carlos Martín Ramos, 2010
© De la ilustraciones: Cristina Müller, 2010
© De esta edición: Grupo Anaya, S. A., 2010
Juan Ignacio Luca de Tena, 15. 28027 Madrid
www.anayainfantilyjuvenil.com
e-mail: anayainfantilyjuvenil@anaya.es

Primera edición, abril 2010

Diseño: Manuel Estrada

ISBN: 978-84-667-9303-2
Depósito legal: M. 14.460/2010

Impreso en Anzos, S.L.
La Zarzuela, 6
Polígono Industrial Cordel de la Carrera
Fuenlabrada (Madrid)
Impreso en España - Printed in Spain

Las normas ortográficas seguidas en este libro son las establecidas por la
Real Academia Española en su última edición de la *Ortografía*, del año 1999.

Reservados todos los derechos. El contenido de esta obra está protegido
por la Ley, que establece penas de prisión y/o multas, además
de las correspondientes indemnizaciones por daños y perjuicios, para
quienes reprodujeren, plagiaren, distribuyeren o comunicaren públicamente,
en todo o en parte, una obra literaria, artística o científica, o su transformación,
interpretación o ejecución artística fijada en cualquier tipo de soporte
o comunicada a través de cualquier medio, sin la preceptiva autorización.

Martín Ramos, Juan Carlos
La alfombra mágica / Juan Carlos Martín Ramos ;
ilustraciones de Cristina Müller . — Madrid : Anaya, 2010
88 p. : il. c. ; 20 cm. — (Sopa de Libros ; 144)
ISBN 978-84-667-9303-02
1. Poesía
I. Müller, Cristina , il.
087.5: 821.134.2-1

La alfombra mágica

SOPA DE LIBROS

Juan Carlos Martín Ramos

La alfombra mágica

Ilustraciones de
Cristina Müller

ANAYA

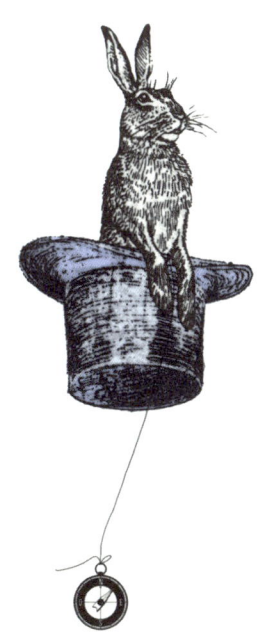

A quien conmigo va
y hace mágico el vuelo
de esta pequeña alfombra.

POEMA-ÍNDICE

Aunque se acabe esta página,
si tú las buscas,
encontrarás más palabras.

En las páginas siguientes,
cada palabra que leas
cántala si no la entiendes.

Varias páginas después,
si te pierdes, hay caminos
para volver.

Lo que ya se me olvidaba,
antes del punto final
lo digo en pocas palabras.

Si la eliges al azar,
cualquier página te sirve
para empezar.

Las páginas siguientes

PLUMA Y TINTERO

Soy un caballero
de pluma y tintero.

Pasado de moda,
como un farolero.

Que ensarta palabras,
que empuña los versos.

Que, al darte la mano,
aprieta y te mancha
de tinta los dedos.

LA ALFOMBRA MÁGICA

Tengo una alfombra mágica,
una alfombra tejida
con palabras entrelazadas,
con raíces de un árbol,
con hilo de seda y barro
de mis zapatos.

Vuela en busca del viento,
surca un mar de tejados,
se pierde en laberintos de nubes,
persigue las bandadas
de pájaros.

Sobre mi alfombra puedo
viajar a todas partes
sin dar un paso.
Al final del camino,
al puerto más lejano,
a la raya del horizonte,
del salón de mi casa
a un país inventado.

Duerme enrollada en un rincón,
se tiende a mis pies cuando la llamo.
Mi alfombra mágica me lleva
más cerca de todas las cosas
que no se pueden tocar con la mano.

LA MESA DONDE ESCRIBO

1

La mesa donde escribo
es también
la mesa donde pelo una naranja
es también
la mesa donde pongo tu retrato
es también
la mesa donde riego mi maceta
es también
la mesa donde leo y a la vez
en mi taza deslío azucarillos
es también
la mesa donde escribo.

2

La mesa donde escribo
camina a cuatro patas,
se tambalea al ritmo de la música,
crece en medio de un bosque,
navega a la deriva por el mar.

3
La mesa donde escribo
está llena
de todo lo que tengo,
de todo lo que quiero,
de todo lo que sueño.
A veces, rebuscando,
encuentro una palabra
y salta entre mis dedos,
como una rana entre los juncos
de un manantial secreto.

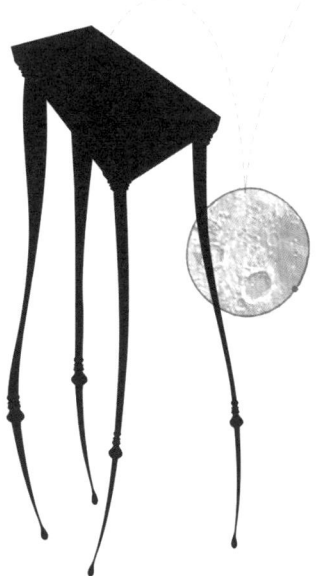

EL MEJOR POEMA

Quiero escribir un poema
que nunca antes se haya escrito,
que cada vez que lo leas
sea distinto.

Que cuando cuente un secreto
te hable al oído,
que si quiere protestar
lo diga a gritos.

Que te haga mirar de nuevo
lo que ya has visto,
que al cantarlo lo escuche
quien va contigo.

Un poema con voz propia,
que no importe quién lo ha escrito,
que para siempre sea tuyo,
y no mío.

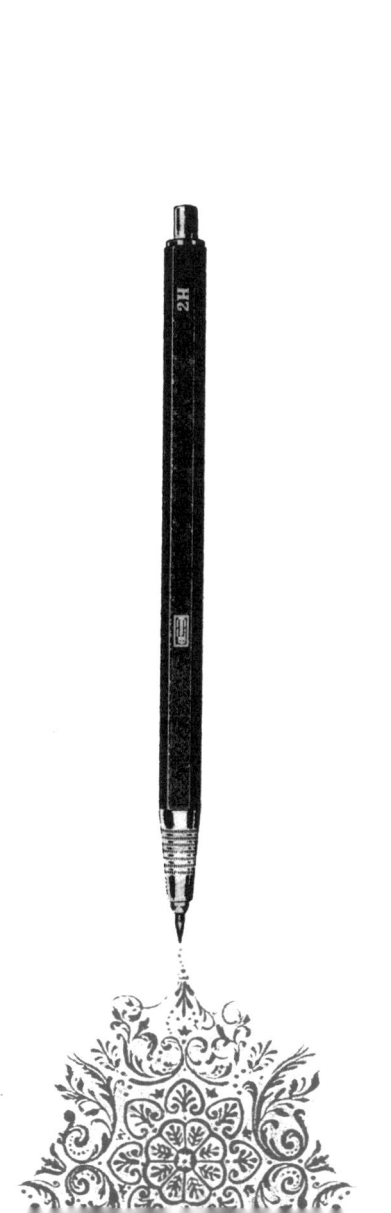

ABIERTO Y CERRADO

Libro cerrado,
libro abierto.

Hacia el final
y hacia el principio,
pasa las páginas el viento
enredando los hilos
del argumento.

Libro abierto,
libro cerrado.

El mundo a oscuras,
reloj parado,
ligero equipaje
y a la vez
compañero de viaje
que llevo de la mano.

Libro cerrado,
libro abierto.

Un pájaro se posa
y canta
sin miedo
en el cable de alta tensión
de un verso.

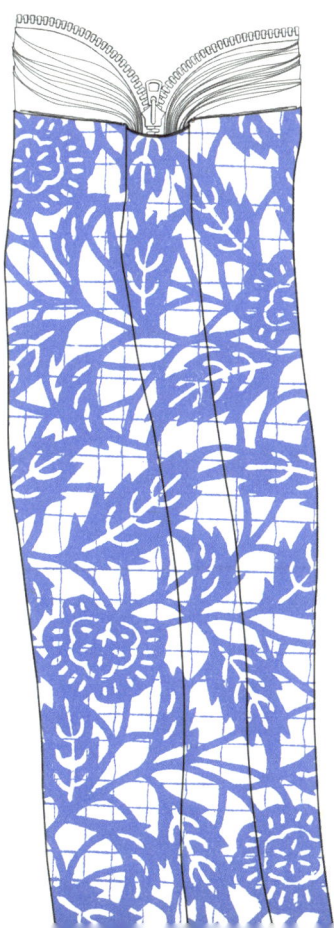

EN EL MUNDO DE LOS LIBROS

En el mundo de los libros,
puedes vivir muchas vidas
y ser alguien muy distinto.

En el mundo de los libros,
lo que se cuenta es verdad
aunque no haya sucedido.

En el mundo de los libros,
hay ciudades invisibles
donde ves lo nunca visto.

En el mundo de los libros,
ayer puede ser mañana
y el futuro ser hoy mismo.

En el mundo de los libros,
se atraviesan los espejos,
cualquier límite prohibido.

En el mundo de los libros,
todos los libros del mundo
llevan dentro un sueño escrito.

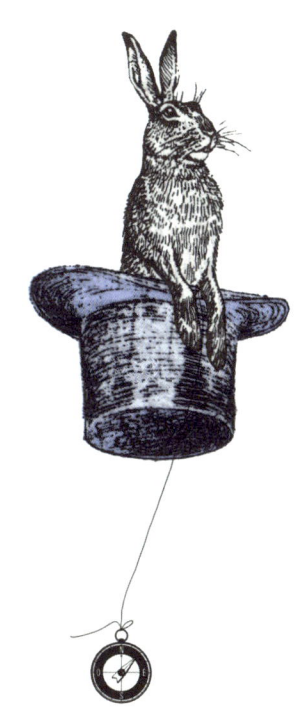

LAS PALABRAS DE LA GENTE
(HOMENAJE A BLAS DE OTERO)

«Me gustan las palabras de la gente»,
dijo Blas, Blas dice y Blas dirá.
Como Blas es un poeta,
lo que dijo dicho queda y quedará.

Es igual cualquier palabra,
la palabra que eligiera
qué más daba, da y dará.
Las palabras de la gente son del aire
y en el aire nadie es dueño
de ningún lugar.

Habla Blas porque es poeta,
habla Blas, hablaba y hablará.
Las palabras de la gente son las suyas
y las suyas son también
de los demás.

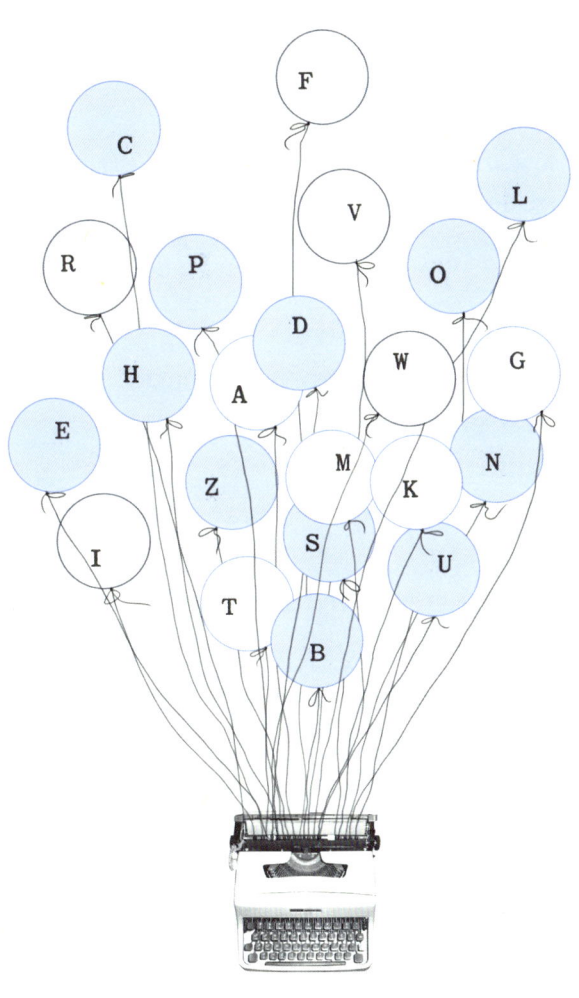

MALA MEMORIA

Todo se me olvida.
La llave para abrir la puerta,
las gafas para ver las cosas
que nadie ve,
las dos alas para volar.

Todo se me olvida.
Todo,
menos llenar de lluvia
mi tintero
para escribir un cuento en el cristal
de la ventana.

Varias páginas después

LOS TRES DESEOS

De todo lo que yo quiero,
¿qué es lo primero?

El aire, que no se ve.
La luna, que no se alcanza.
El mar, que nadie domina.
El día, que entra en mi casa.

De todo lo que yo busco,
¿qué es lo primero,
qué es lo segundo?

Aprender lo que no sé.
Atrapar lo que se escapa.
El canto de una sirena.
El murmullo de una plaza...

Si de todos mis deseos
solo puedo pedir tres,
ni el primero, ni el segundo,
ni el tercero sé cuál es.

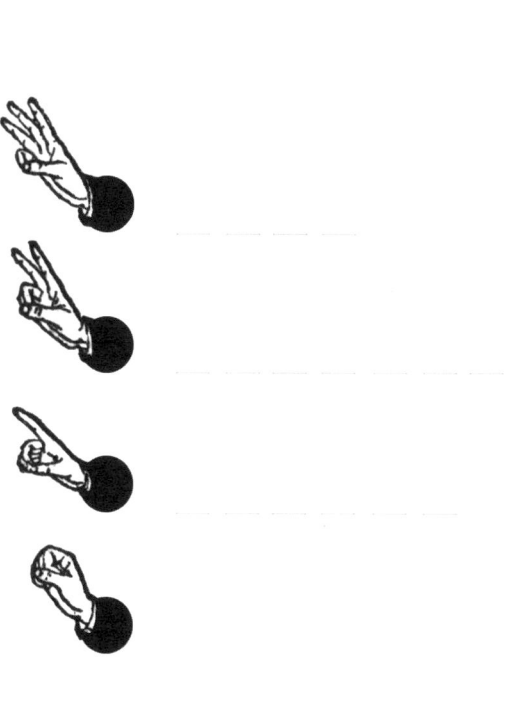

PREGUNTAS GRANDES Y PEQUEÑAS

¿Cabe el mundo en una huella
de mi zapato,
el mar en una botella,
la primavera en un árbol?

¿Caben todos los idiomas
en una sola palabra?
¿Puede entrar la luna llena
por mi ventana?

¿Cabe el tiempo en un reloj,
la magia en una chistera?
¿Habrá sitio para mí
en una pompa
de jabón
que el aire del sur
se lleva?

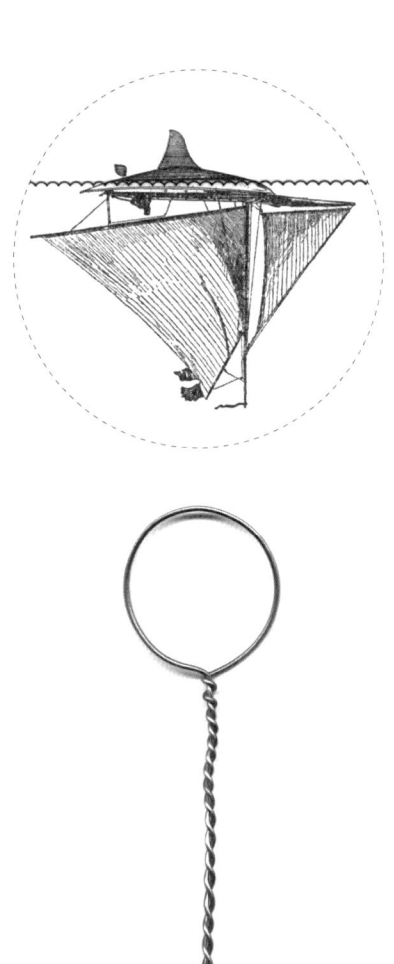

SI NO FUERA POR...

Si no fuera por ver
tu sonrisa,
no me pintaría
la cara de payaso.

Si no fuera por endulzar
tus sueños,
los cuentos que te cuento
no empezarían
en mi regazo.

Si no fuera por estar
contigo,
no elegiría siempre el camino
que desemboca
en las líneas de tu mano.

NI MÁS NI MENOS

Doy el mapa de un tesoro
por una barca con remos.

Cambio todas mis monedas
por la luna llena
del desierto.

Mi sombrero gris
lo vendo por nada,
si lo quiere el viento.

Te regalo mi casa,
si me dejas visitarte
alguna tarde
de invierno.

Ni menos por más,
ni más por menos.
Por un grito, una palabra.
Por un látigo,
la caricia de mis dedos.

Campo

Casa

A VECES ME GUSTARÍA

A veces me gustaría
que las hojas del calendario
se pasaran hacia atrás.
Viajar al pasado.
No para quedarme allí,
sino para ver durante un rato
cómo se construyeron las pirámides
o para darte aquel beso de buenas noches
que no te di.

A veces me gustaría saber
qué pasará mañana,
si una flor que aún no he deshojado
me dirá que sí.
Ir de visita al futuro.
No para perderme lo que pasa hoy,
sino para tocar con la punta de los dedos,
por un momento,
lo que ahora es solo un sueño
para mí.

A veces me gustaría dar saltos en el tiempo.
Pero, en realidad,
lo que más me gusta es darme cuenta
de que, en este instante,
estoy aquí.

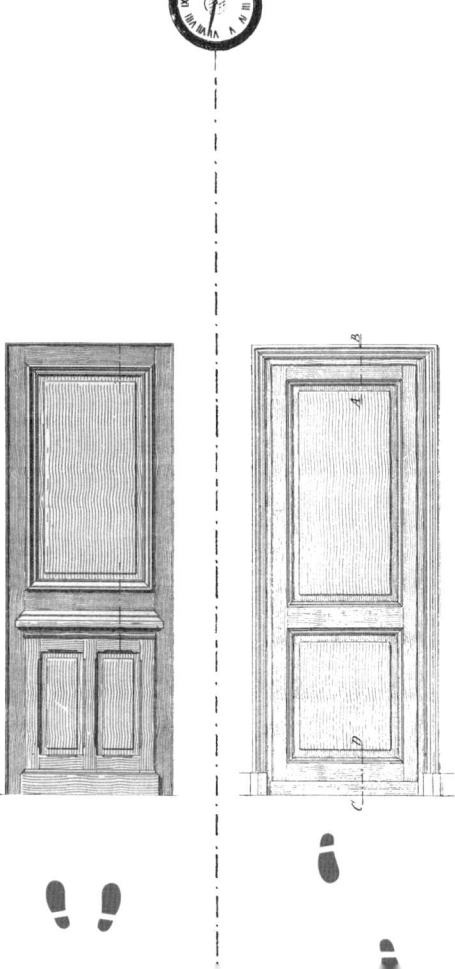

LA PALMA DE MI MANO

La palma de mi mano
parece un viejo mapa
de papel arrugado.

Un mapa donde veo
caminos que se cruzan,
montañas y desiertos.

Si lo miro de cerca,
me acarician las nubes,
los ríos me reflejan.

Puedo borrar de un soplo
mis pasos en la arena,
las hojas del otoño.

En este viejo mapa,
puedo llegar muy lejos
sin salir de mi casa.

Cuando cierro la mano,
oigo silbar al viento,
la lluvia en el tejado.

LA CALLE DE EN MEDIO

Para ir de mi casa a la tuya
siempre elijo la calle de en medio.
Para echarte una mano,
para llegar a tiempo,
siempre elijo el camino más corto,
siempre, siempre la calle de en medio.
Para llevar el pan a tu mesa,
agua para la sed de tu huerto,
no conozco otro atajo mejor
en el laberinto de mis sueños.
Para dejar atrás las fronteras,
para estar cerca del que está lejos,
siempre por el camino más corto,
siempre, siempre
por la calle de en medio.

SEÑALES DE HUMO

Para que vuelen las palabras,
escribo en el aire
con señales de humo.

Para decirte dónde voy,
escribo en el barro del camino
con mis huellas.

Para que encuentres mi casa,
escribo desde lejos
con bandadas de palomas.

Para que sepas quién soy,
en la palma de tu mano escribo,
con la punta de los dedos,
mi nombre de letras invisibles.

SIGNOS DE INTERROGACIÓN

Al bosque quemado,
¿regresará la primavera?

En el mar de olas negras,
¿se llenarán de nuevo las redes
del pescador?

Las bandadas de pájaros,
¿sabrán en el futuro
cuándo llega el invierno?

En la ciudad que nunca se acaba,
¿estará en alguna parte el barrio
donde mi padre pasó
su infancia?

RECETA

Hay que cocer a fuego lento
el murmullo de un río,
antes hay que elegir bien el río.
Puedes añadir unas gotas de agua
de las que salpica el mar,
antes hay que elegir bien el mar.
Hay que cazar al vuelo hojas secas
(no importa de qué árbol),
arrancar un mechón de su cabello
a una ráfaga de viento.
Mézclalo todo con la sombra de una nube
blanca y solitaria,
con un puñado de la tierra que pisas,
con el perfume robado a una flor del camino.
Dan más sabor las ralladuras de la luna,
pero, si no las tienes a mano,
puedes echar el zumo de algún sueño
recién exprimido.
Retíralo del fuego cuando empiece a hervir
y déjalo enfriar mientras se pone el sol.
Toma solo una cucharadita al día,
debe alimentarte durante toda la vida.

Antes del punto final

CARTA DE CUATRO LETRAS

Te escribo cuatro letras
para que sepas que estoy bien.
Solo cuatro letras.
Las que caben
en una gota de tinta,
en una lágrima,
en la proa de un barco
de papel.

GOMA DE BORRAR

Borro nubes negras
para ver el sol,
edificios grises
para ver el mar.

Borro el agua sucia
de los ríos,
las heridas de los bosques
las borro para respirar.

Luego limpio con los dedos
el paisaje y tiro,
al cubo de la basura,
todas las virutas
de mi goma de borrar.

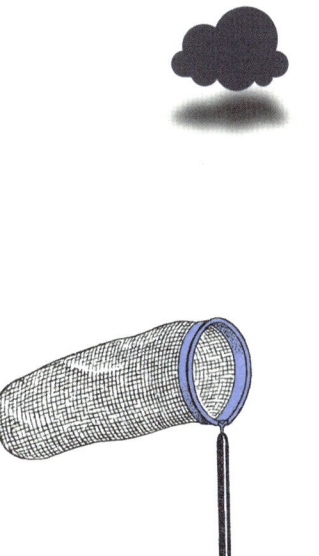

ES DECIR

«Es decir...»,
dijo el profesor,
y nadie prestó atención.

«Es decir...»,
dijo el sabio,
y no le hicieron ni caso.

«Es decir...»,
dijo el poeta,
y se oyó una pedorreta.

«Así son las cosas»,
dijo alguien que pasó.
Y, desde entonces, las cosas
no se sabe cómo son.

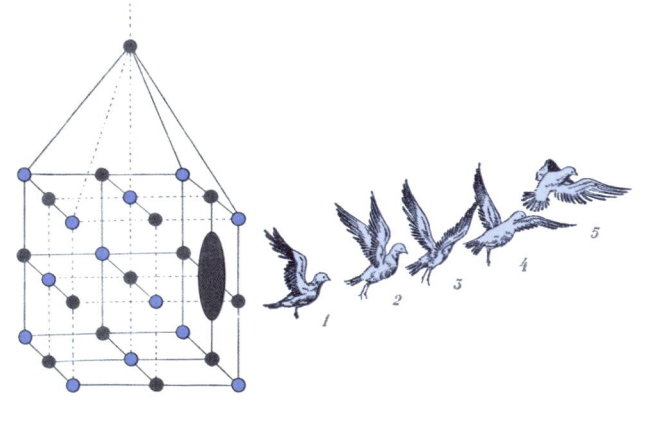

ESTATUA DE UN HÉROE

Nunca mató una mosca
ni se peleó con nadie.

Miraba a los ojos de los demás,
no como un desafío,
sino para asomarse en ellos.

Pensaba bien lo que decía,
pero nunca se calló lo que pensaba.

No tenía el corazón de piedra,
no le hubiera gustado verse
convertido en una estatua.

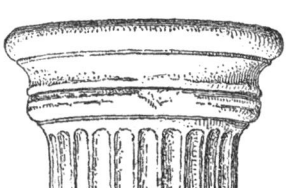

ÁRBOL DE CIUDAD

En el centro de la gran ciudad,
hay un árbol.
Un árbol solo,
ennegrecido.

Nadie sabe su nombre,
entre sus ramas
nunca anidan los pájaros.

Es un superviviente,
resiste entre ruidos
y humaredas
para que, en su pequeña isla,
siga floreciendo cada año
la primavera.

OCHO VERSOS ALREDEDOR DEL MUNDO

Paso de largo,
vuelvo a pasar.

Donde me paro,
he estado ya.

Vengo de lejos,
voy más allá.

Esta es mi casa,
¿dónde estará?

まと称しうるものであり、そのことは平安末期以後、塔婆に造仏に修法の回数に、ひたすら数の多からんことを願った風潮の一

LA MANO ABIERTA

En cualquier parte,
mejor que saludar,
abre la mano
y déjala volar.

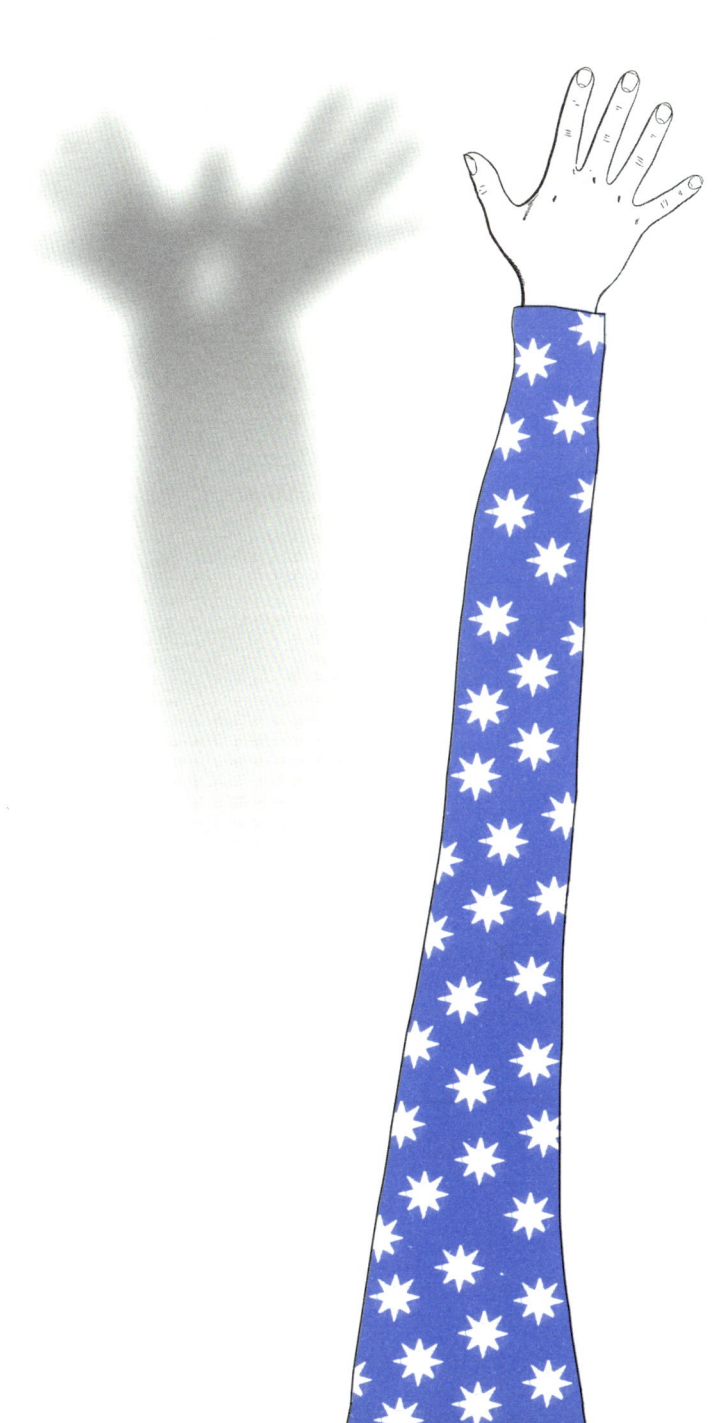

TRENES

Voy a la estación
a esperar todos los trenes.
El que va donde yo voy,
el que pasará de largo.
El tren que llega sin nadie
y el que me trae un abrazo.

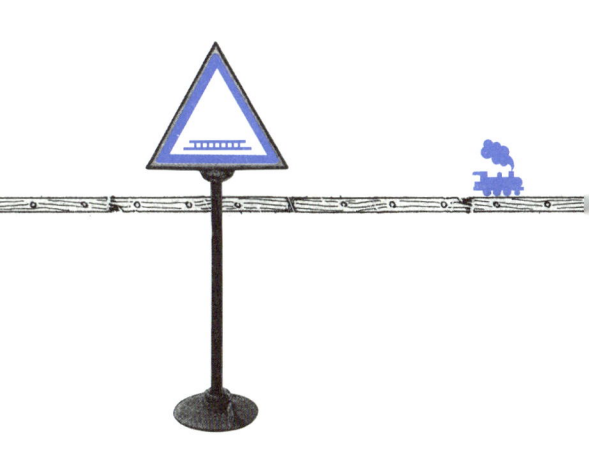

HE PUESTO A SECAR EL MAR

He puesto a secar el mar
en el tendedero.

Gota a gota,
se ha convertido en un charco
lleno de lunas hundidas
y restos de mil naufragios.

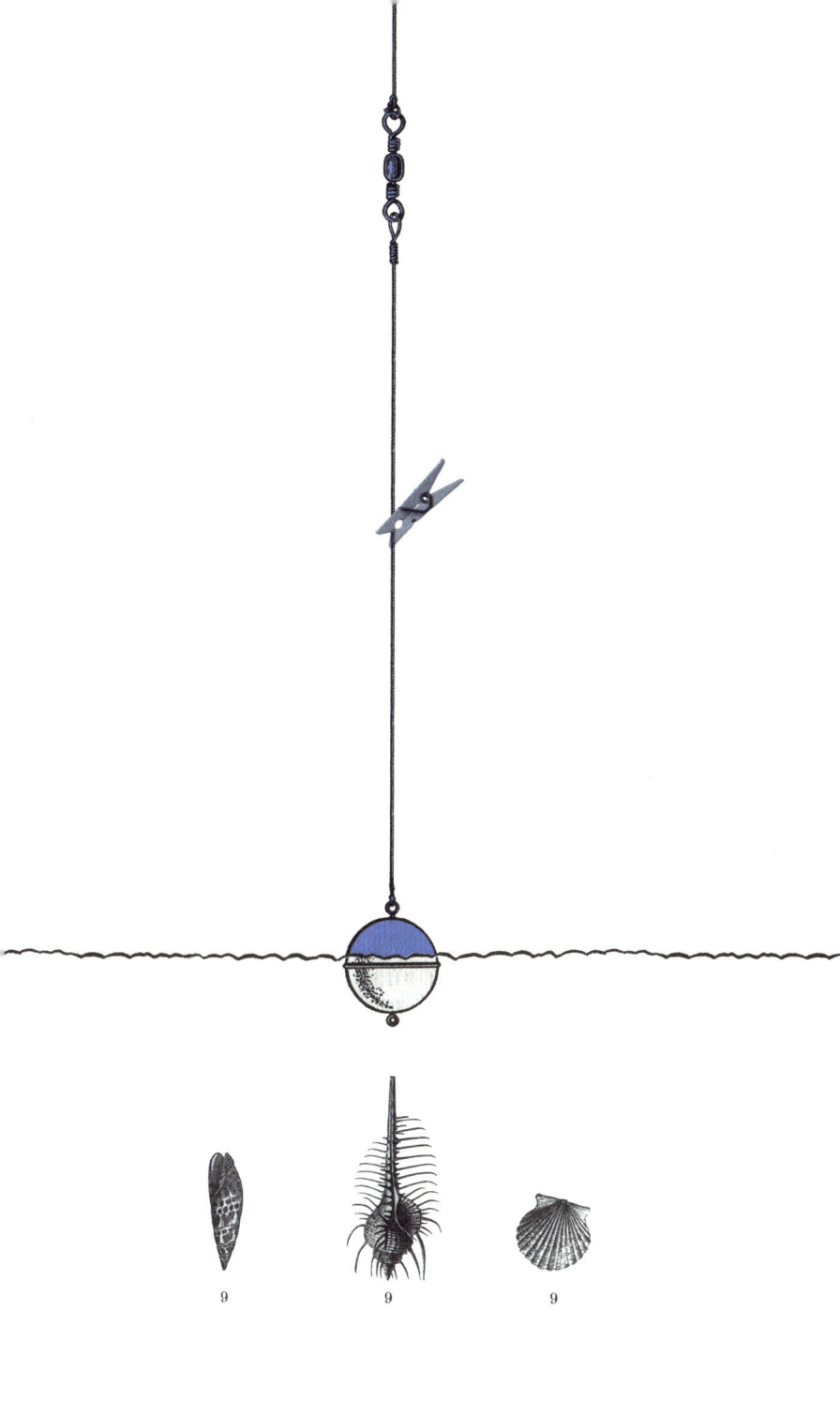

GATO ASTRÓNOMO

Sobre el tejado,
el gato
frota su lomo
contra la luna.

Se relame al acecho
de una estrella fugaz.

ES O NO ES

¿Es o no es,
el que canta en el enebro,
un pájaro
que al mirarlo
no se ve?

¿Es o no es,
lo que escucho en el aliso,
el canto de un pájaro
aunque el pájaro
no esté?

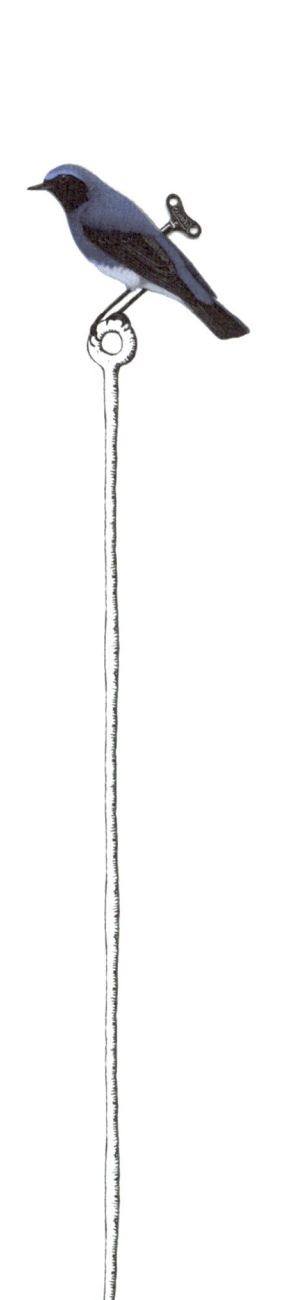

ETCÉTERA

Miles de palabras
de la A a la Z.

No pueden vivir solas,
sin nadie que las entienda.

Lo que se callan hoy,
mañana te lo cuentan.

«Ola», «espuma», «caracola»,
etcétera, etcétera,
etcétera.

CANCIÓN PARA NO DECIR ADIÓS

Hasta luego,
aunque te vayas lejos.

Hasta mañana,
aunque el libro se acaba.

Hasta pronto,
aunque no te conozco.

Hasta siempre,
aunque nunca regreses.

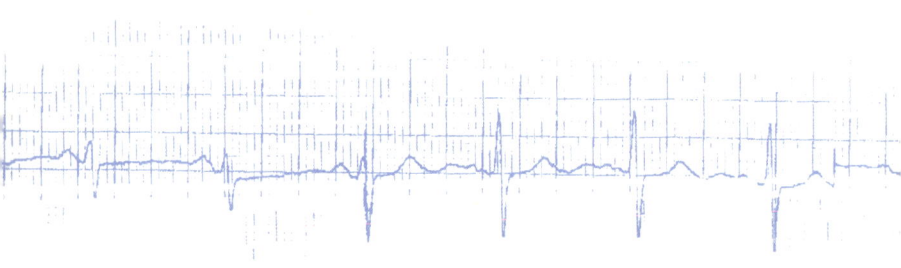

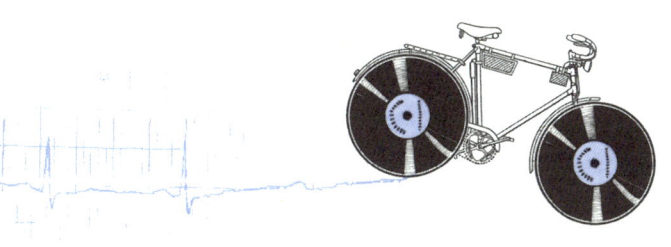

Índice

Poema-índice 9

LAS PÁGINAS SIGUIENTES

Pluma y tintero 12
La alfombra mágica 14
La mesa donde escribo 16
El mejor poema 18
Abierto y cerrado 20
En el mundo de los libros 22
Las palabras de la gente. (Homenaje
a blas de otero) 24
Mala memoria 26

VARIAS PÁGINAS DESPUÉS

Los tres deseos 30
Preguntas grandes y pequeñas 32

Si no fuera por... 34
Ni más ni menos 36
A veces me gustaría 38
La palma de mi mano 40
La calle de en medio 42
Señales de humo 44
Signos de interrogación 46
Receta 48

ANTES DEL PUNTO FINAL
Carta de cuatro letras 52
Goma de borrar 54
Es decir 56
Estatua de un héroe 58
Árbol de ciudad 60
Ocho versos alrededor del mundo ... 62
La mano abierta 64
Trenes 66
He puesto a secar el mar 68
Gato astrónomo 70
Es o no es 72
Etcétera 74
Canción para no decir adiós 76

Escribieron y dibujaron…

Juan Carlos Martín Ramos

—*Juan Carlos Martín Ramos, filólogo de formación, ganó en 2003 el Premio Lazarillo por* Poemamundi, *también publicado en Anaya. En este libro hay varios poemas dedicados a los objetos que rodean al escritor en su trabajo (la pluma, la mesa, el tintero…), a la imaginación, a los libros… ¿Ha querido de esta forma hacer un homenaje a las cosas que le acompañan en su vida cotidiana? ¿Qué importancia sentimental tienen estos objetos para usted?*

—Supongo que me pasa a mí lo que le pasa a todo el mundo. Poco a poco vamos haciendo y deshaciendo nuestro particular equipaje de objetos, reales e imaginarios, que hacen reconocible y más confortable nuestro pequeño refugio de todos los días. Son nuestra tabla de salvación y marcan la frontera de nuestros sueños y nuestros recuerdos. Cuando escribo, hablo

de lo que conozco, de lo que me importa, de lo que me sirve para poner en claro lo que quiero decir. Por esa razón, esos objetos aparecen en mis poemas. Entrelazando las palabras que los nombran, empecé a tejer esta alfombra mágica.

—*Nos encontramos con un poema dedicado a Blas de Otero. ¿Por qué se decidió a homenajear a este gran poeta?*

—A veces, para pedir prestados algunos versos, rebusco en la obra de aquellos poetas que han despertado en mí el placer de la lectura y el amor por la poesía. Blas de Otero es uno de ellos. Leí por primera vez un poema suyo a los doce años («Cantar de amigo») y me emocionó profundamente a pesar de su sencillez, o tal vez por eso. Quien se acerque a la obra de Blas de Otero descubrirá a un mago de la palabra, a un poeta que sabe leer como nadie la mirada de los demás.

Cristina Müller

—*Cristina Müller, ilustradora venezolana, ha colaborado con Anaya en varias ocasiones. Díganos, ¿aborda de manera diferente la ilustración si se trata de una novela, de un álbum ilustrado o de un libro de poemas como en este caso?*

—En la narrativa la acción parece ser más importante, es decir, lo que «hace» un personaje, aquello que sucede: el verbo. En cambio, al ilustrar poesía es más importante observar cómo juegan las palabras entre ellas y es así cómo el libro puede convertirse en un teatro al que vamos a encontrar algo emocionante: sorpresa, tristeza, alegría, nostalgia... Un poema puede parecernos incomprensible, pero si nos dejamos llevar por sus sonidos podemos escuchar lo que nos quiere decir. No importa lo que suceda antes o después en la poesía porque en los versos las palabras

parecen personajes, son como actores que juegan a ser otros para descubrirnos aquello que sentimos. Es curioso.

—*¿Cuando leyó* La alfombra mágica, *tuvo claras en seguida las ilustraciones o por el contrario le costó trabajo llegar al resultado final?*

—Los ilustradores somos primero lectores y creo que lector es quien recibe. Me gusta pensar que una vez que las palabras llegan dentro y tocan fondo, el que lee también es aquel que se apropia de lo leído. Cuando me toca ilustrar un texto, lo hago primero de esa forma: recibo algo que activa mi propia imaginación. Luego, cuando ya me dispongo a ilustrar esas palabras, las que ahora son mías de alguna forma, me coloco en otro lugar: aquel donde me toca entregar algo a otro y esa es siempre una gran responsabilidad. ¿Qué opino?, ¿qué debo decir?, ¿qué puedo dar? Es por eso que las imágenes no vienen casi nunca en una primera lectura, sino que la conexión se va dando

mientras ocurre el juego con el texto y sus símbolos. Por ejemplo, si un poema habla de magia, primero pienso en un conejo (como símbolo) e imaginando situaciones con él es cuando vuelvo al poema y entonces dibujo.